AF403782

LE DIALOGUE

DU FOL ET DU SAGE.

Cette réimpression du *Dialogue du Fol et du Sage* n'a été tirée qu'à quarante exemplaires numérotés, savoir : 2 exempl. (nᵒˢ 1 et 2) sur PEAU VÉLIN, 4 exempl. (nᵒˢ 3 à 6) sur papier de Chine, 10 exempl. (nᵒˢ 7 à 16) sur papier de Hollande, et 24 exempl. (nᵒˢ 17 à 40) sur papier de France, de la fabrique de Blauw, à Rives.

Nᵒ

IMPRIMERIE DE A. PINARD,

QUAI VOLTAIRE, Nᵒ 15.

aux frais du p.ᶜᵉ d'Essling.

LE DIALOGUE

DU FOL ET DU SAGE.

A PARIS,

CHEZ SILVESTRE, LIBRAIRE,

RUE DES BONS-ENFANS, N° 30.

1833.

NOTE.

Cette réimpression *copie figurée du dialogue du Fol et du Sage* a été faite sur l'exemplaire de la Bibliothèque Royale.

Ce dialogue a été imprimé plusieurs fois, tant à la fin du xve siècle qu'au commencement du xvie; Duverdier en cite une édition de Lyon, par Barnabé Chaussard, lequel imprimait dès 1496. M. de Soleinne en possède un exemplaire d'une édition sans date, petit in-8°, imprimée en caractères gothiques et qui est différente de celle qui nous a servi de modèle; son titre est rapporté fidèlement par M. Brunet, dans son *Manuel du libraire*, édition de 1820, tome I, page 526. On trouve aussi une description très exacte du même exemplaire dans les *Mélanges de la Société des Bibliophiles français*, année 1829, où M. Monmerqué, qui s'était chargé de la publication du *Dialogue du Fol et du Sage*, dit, en parlant de l'édition de M. de Soleinne, que, comparée avec celle de Simon Calvarin, elle présente de *notables différences*; puis il ajoute : « Elle est très fautive, des vers qui manquent « laissent plusieurs rimes incomplètes, mais aussi elle a sur celle de « Calvarin l'avantage de contenir douze vers omis par ce dernier; « peut-être leur obscurité a-t-elle déterminé à faire cette suppres- « sion. » Nous sommes de cet avis, d'autant plus que l'édition de Calvarin est évidemment plus récente. M. Monmerqué ayant rap- orté ces douze vers, nous nous dispenserons de les consigner ici.

S.

Le Dialogue du fol & du sage,

Liure ioyeux & delectable
Auquel par vng parler notable
Vng sage & vng fol plaisant
Concluent en bref langage
(Ce que lon voit le plus souuent)
Tel est fol qui pense estre sage.

A PARIS.
Chez Simon Caluarin / rue S. Jacques /
a la Rose blanche couronnee.

¶Le sage commence.

Quand a moy cas ie considere
Et que iay assez folye
Il conuient que ie mamodere
Et plus nestre fol deslye:
Souuent suis melencolie
Quand ie pense a moy temps passe
Ou folie ma le col lie
Duy latz assez mal compasse.
Pauurement suis recompense:
Et dune assez mauuaise sorte
En effect quand iay tout pense
Delle ne fault plus que massotte
Iay este a mainte cohorte
Ou iay temps ꝗ bien despendu/
Par vn fol qui tousiours menhorte
Que tout le mien cest respandu:
Moy bien a este suspendu/
Et ay esgare ma maison
Si iay tel faict au crocq pendu
Quen dictes vous?ay ie raison?
Doresnauant nest plus saison:
De solyer mais destre sage
Penser du bien de la maison
Auoir vstencille ꝗ mesnage.
　　　　Pose.
Vienca nous auons maintz passages

Passe le temps de la ieunesse
Maintenant que penses tu faire
Le fol.
Et que scay ie/cest a refaire/
Ie ny pense mal ne finesse.
Le sage.
Ie pense de prendre autre adresse/
Et deuenir sage c finet.
Le fol.
Bien souuent larbre quon redresse
Rompt par la moytie tout fin net
Le sage.
Bref iay este trop sotinet
En mon temps/plus ne le veux estre.
Le fol.
Tu seras donc py folinet
Et meneras les oysons paistre.
Le sage.
Mais bienca ne scais tu cognoistre
Que les sages ont si bon temps?
Le fol.
Ie le vous nye/mon beau maistre
Iamais ie ney vis de contens.
Le sage.
En effect voila ie pretens
Destre vn sage homme temporel.
Le fol.

Si cecy te dure sept ans
Tu deuiendras fol naturel.
                Le sage.
Jauray mon plaisir corporel
Repos/ soulas/ & tout deduyt.
                Le fol.
Tu neuz oncques vn tour pareil
Depuis que mere te produyt.
                Le sage.
Et quand ie seray bien induyt:
Chacun tiendra de moy grand compte.
                Le fol.
Et si ton faict nest bien conduict
Tu ne receuz oncques tel honte.
                Le sage.
Puis qua la ceruelle me monte
Je seray sage.
                Le fol.
Et ie ne scay.
Car il ny a ne duc ne conte
Qui ne faille bien a lessay.
                Le sage.
Tay toy tay toy : car iay pense
Comment sage ie deuiendray.
                Le fol.
Or que ie nen soye plus tence
                            A.iii.

Car iamais ie ny entendray.
Le sage.
A sagesse ie me rendray/
Car vy sage est de tous prise.
Le fol.
De ce propos te reprendray
Car sil fault il est mesprise.
Le sage.
Si le temps passe mespris ay
Ie me repens.
Le fol.
Ce nest que bien/
Quand a moy iay le sang brise
A moy premier estat me tien.
Le sage.
Vy sage sert.
Le fol.
Vy fol est sien.
Le sage.
Vy sage a des biens a foisoy
Le fol.
Vy fol na peur de perdre rien
Qui na ne meuble ne maisoy.
Le sage.
Vy sage est rente.
Le fol.
Et vy fol noy.

Le sage.

Vy sage a bruit et bien dequoy.

Le fol.

Vy fol ne pert iamais son nom
Par trop parler ne tenir quoy.

Le sage.

Vy sage est bien ayse.

Le fol.

Et vy fol quoy?

Le sage

Vy sage nest point diffame.

Le fol.

Vy fol qui trotte sans requoy
Est plus quun sage homme fame.

Le sage.

Pourquoy?

Le fol.

Vy sage est affame
Dauoir argent en habondance:
Et sil tombe en indigence
Ou par fortune ou par malheur
Voila mon sage en tel douleur
Quil en deuient tout enrage.
Quand vy fol est endommage
Eust il perdu or ou argent
Et fut il le plus indigent
Sans meuble et sans heritage

Quey dira lon? pour tout potage
Laiſſez le faire / ceſt Vy fol.
Le ſage.
Et duy ſage homme?
Le fol.
Par ſainct Paul
Lon ſen mocquera / Voicy comme:
Car ſil euſt eſte ſage homme:
Il neuſt tout le ſien deſpendu.
Jamais dhomme qui fut pendu
Oy ne dit tant de Vilennie:
Et ſi homme de Ville nie
Le que ie dis ie le deſmento.
Le ſage.
Ceulx la ont pauures entendemens
Qui nont ſens ne peu ne prou.
Le fol.
Non /
Touteſſois il auoit renom
Deſtre Vy ſage homme ⁊ bien diſcret.
Sainct Jehan tu mourrois de regret
De perdre le nom deſtre ſage:
Et iamais fol tant fuſt Vollage
Ne perdit le nom deſtre fol /
Et ſe fuſt il rompu le col
Ou gette dedans la riuiere.
Le ſage.

Tu

Tu nentens pas bien la matiere
Ong sage ne faict follie nulle.
Le fol.
Si fait : q ne fust que sur mulle
Monter : car elle est dangereuse
Effarouchee / q poureuse.
Et si elle le tue / quel sage est ce?
Ong dit que ce nest pas sagesse
De ce mettre en danger de mort.
One mulle regibbe q mors
Et dehors lestable q dedans;
Et celle prend son fraing aux dentz
Quelque chose que en puisse estre
Elle vous menera son maistre
Mourir en grande paunrete:
Et voila mon sage arreste
Auec son sens piteusement.
Ong fol na mulle / ne iument/
Ne cheual / pour monter dessus.
Les sages sont souuent deceuz
En leur sagesse.
Le sage.
Tu tabuses
Et des parolles sottes vses/
Car tu allegues accidens
Lon voit aduocatz / presidens
Qui sont tous decrepitz q vieux

B

Cheuauchantz mulles en maintz lieux
Et nen ont eu mal ne demy.

Le fol.

Je dis a propos bel amy
Car tel cuide estre en ung seur lieu
Qui de danger est au millieu.
Et si tu dis cest aduenture /
Je dis que cest chose Venture:
Nul nest certain soit sage ou nice.
Garde quorgueil ne te honnisse
Comme Lucifer / qui iadis
Tresbucha du hault Paradis /
Car trop hault monter il tendoit:
Qui monte plus hault quil ne doit
Il voit ung clocher de plus loing.
Le sens fault souuent au besoing
Aux sages / ilz nont nul repos:
Car silz cassent verres ou potz
Et silz font chose de coste
Dieu scait comme tout est compte
Adiournez le / il le payera:
Mais tout ce que ung fol cassera
Ha cest ung fol laissez le aller
Tu nen orras iamais parler.
Mais dung sage / il nest pas ainsi
Ung sage home a tousiours souci

Peine melencolie tourment:
Il faut marcher tout bellement
Et faire le sage en la rue/
Quand vy fol vne pierre rue
Quand il court ou quil tourne ou vire
Le monde ne sen fait que rire:
Si vn sage homme lauoit faict
On lapelleroit fol parfaict
Et sen mocqueroit on par tout.

Le sage.

Si faut il finer par vn bout/
Scais tu pas bien que nous auons
Tant folye que ne scauons
De quel coste nous en tourner?
De folye nous fault destourner
Et estre sages desormais/
Entens tu bien?
Le fol.
Et voire mais
Je ne scay qui nous despota
Durum est assueta
Relinquere: Cest lescripture
Qui dit que cest chose bien dure
De laisser sans estre fine
Ce que lon a accoustume.
B.ii.

Jay accoustume de long temps
Passe dix neuf ou vingt ans
De danser/saulter/z baller/
De courir /venir z aller
Et quel remede de changer:
Et puis il y auroit danger
Que ne perdisse contenance/
Car ie nay point en souuenance
Quoncques ie fusse sage vne heure.
Le sage.
Celuy qui tousiours fol demeure
Nest pas digne de bien auoir.
Il fault plus dune chose veoir
Considerant le temps passe:
Et le surplus soit compasse
Moderement/attrempeement.
Ne vois tu pas euidemment
Que les sages gens sont prisez
Sans iamais estre mesprisez.
Vn sage a des biens a grand force
Vn sage a estre aise sefforce
Vn sage nest de rien souffrant
A vn sage est chascun offrant
Vn sage homme faict ce quil veult.
Le fol.
Vn sage homme souuent se deult
Vn sage ne soze iouer:

Ne en compagnie se trouuer
De gens de bien comme nous sommes
En faisant des cheres grãds sommes
Sans auoir soucy ny esmoy.
Je te demande par ta foy
Si iestois sage a toy aussi
Et nous ne serions pas icy
Pour faire tous ces seigneurs rire
Combien que ie ne vueil pas dire
Que pour iouer farces ou ieux
Les gens soient folz/ mais courageux
De donner tout esbat a ioye.
Va dire que vne farce ioye
De ces sages gens que tu dis/
Ma foy ilz sont trop estourdis
Ilz nont de cela la science/
Et ne scauroient par leur puissance
Faire rire ne chat ne chien.

Le sage.

Les sages gens le feroient bien
Silz en vouloient prendre la peine/
Mais il ne leur est pas ydoine
Ne honneste a bien le prendre
Combien quil ne soit a reprendre
Si ney es tu gueres honnore.

Le fol.

Laton a donc mal laboure

B.iii.

Si ie lay mis en memento:
Il dit insipiens esto/
Cum tempus postulat autres.
Audiat qui habet aures/
Il dit en vn liure sien
Ou est escript stulticiam
Simulare (q ou ?) loco
Sans y escrire qui pro quo
Que cest summa prudentia.
Doncques puis que prudence y a
Assauoir en lieu q en temps
Entre gens de bien (ie lentens)
Faire le fol q non le sage/
Ie ne quiers point dautre passage
Car il ney peut que bien venir.
Que gaignerois ie a me tenir
Comme marmotz songeant les festes
Cela est a faire a gens bestes
Qui en sont plus quil ney y a.

Le sage.

Tous tes esbatz sont a qui a/
Et la raison bien entendue
Le nest tout que peine perdue:
Si tu ioue bien ce sera bien ioue
Tu en seras vn peu loue
De quelque homme ou de quelque femne/
Mais si tu faulx tu es infame/

Chacuy de toy se mocquera
Et scais tu bien que soy dira
Il a si bien toue quil na riey
Et voila le souneraiy bien
Le meilleur que scaurois choisir.
####### Le fol.
Ha ie le faitz pour moy plaisir
Esse pas assez par ta foy?
Je prens plus desbat quant a moy
Que ne font ceux qui me regardent.
Et que mey chault il silz me lardent
Je suis vy fol/cest moy renom
Au moins ie ne pers point moy nom
Comme vy sage qui deuient fol.
####### Le sage.
Tu ey porteras sus le col
Souuent ta chemise nouee:
Ta vieillesse ey sera douee
De gouttes z de mal de reins/
Puis tes parens z tes parrains
Diront cest tresbien emploge:
Voila: iay cest estat ploge
Plus ne veux vser de folye.
####### Le fol.
Oy dit que fol qui ne folye
Pert sa saisoy/cest communy dit
Quand tu auras dit z redit:

Si ne seray ie de lay sage.
Le sage.
Ne dit on pas en vn passage
Quod stultus stultitiam
Demonstrat/Vbique suam.
Vn fol demonstre sa folye:
Comme toy qui tiens de follye
Et ne ten veulx a moy venir
Mais en folie te veulx tenir
En pensant que ne soit que ieu.
Le fol.
Certes de laage de ce dieu:
Ie ne seray sage quelconques
Pourtant nen parles plus donques:
Car tes parolles nont nul lieu
Il en est fausche et fene.
Le sage.
Vrayement ton bien est donc fine
Tu en as ce que tu auras:
Et pauure douloureux mourras/
Se tu ne changes de propos.
Le fol.
Par ma foy iay plus de repos
En vne nuict et sans desdains
Que nont tous les sages mondains/
Ie suis en ioye et en soulas/
Ie me dors quand ie suis trop las/

Est

Est il nul sage homme si ayse?
Me Veis tu iamais ey malaise
Depuis lheure que tu nasquis?
Le sage.

Jour de ta Vie riey nacquis
Et as desia Vescu long temps/
Si tu ne fais ce que ientens
Et que tu naduise a toy cas
Tu nauras escus ne ducatz
Et pourtant rens toy a sagesse.
Le fol.

Tu conclus donques que richesse
Est la sagesse de ce monde.
Je prie a dieu quil me confonde
Si ce nest Vne folye pure
Ostez ostez ie ney ay cure
Ce nest que tourment & trauail
Tantost a pied / puis a cheual
Ceste sagesse ne Vault riey.
Le sage.

Tu neuz onques ey ta Vie biey
Mais ce nest que par toy deffault
Et pour tant auoir il tey fault
Tu nas ne prez ne bledz ne terre.
Le fol.

Aussi nayie proces ne guerre.
Le sage.

C

Tu nas or ne argent aussi.

Le fol.

Aussi nay ie point de soucy.

Le sage.

Tu nas chose qui bien a point:
Te sceust nourrir ne releuer.

Le fol.

Aussi ne me conuient il point
De receueur pour les leuer.

Le sage.

On ne scauroit chez toy trouuer:
Cheure ne beste ne laictage.

Le fol.

Aussi ne fais ie point greuer
A mon voisin son heritage.

Le sage

Tu nauras grain / ne bled / ne herbage
Que ie trouue en toy cas estrange.

Le fol.

Aussi ay ie cest auantage
Quil ne me fault bateur ne grange.

Le sage.

Tu nas garde que loy te change
Tes brebis a Dy estranger.

Le fol.

Aussi nay ie non plus que Dy ange
Jamais affaire de berger.

Le sage.
Tu nas pas lieu pour tesberger
Nuy cheual qui est bien ydoine.
Le fol.
Aussi ne veulx ie asne loger
Car ie nay ne foin ny auoine.
Le sage.
Tu nas chez toy ne lart ne coine
Tout ton vaillant est seurete.
Le fol.
Aussi si ie veulx estre moyne
Ie scay desia ma pauurete.
Le sage.
Tu nas pas n'yuer ny este
Tousiours trois oeufz apres tes pois.
Le fol.
Aussi nay ie pas chiche este
Pour amasser escus de pois.
Le sage.
Tu nas pas par toy sot lourdois
Tousiours vn boy denier de source
Le fol.
Aussi nay ie pas si bons doigtz
Que ie prinse escus en ma bource.
Le sage.
Que nes tu doncques sage?
Le fol.

L.ii.

Le fol.
Ie tey garderay.
Le sage.
Non feras.
Le fol.
Va toy donc cacher en vn puis/
Car iamais ioye tu nauras.
Le sage.
Pourquoy.
Le fol.
Iy-Iean tu le scauras.
Premier tu te metz en danger
De perdre le boire & manger
Dauarice qui te tiendra
Puis le grand diable suruiendra
Qui te dira quoy te desrobe:
Quand tu auras vestu ta robe
Aduis te sera quoy la temble:
Vn riche a toufiours doubte & tremble
De paour quoy luy emble le sien/
Mais vn pauure homme qui na rien
Iamais il ne craint le deschet:
Car qui na rien/rien ne luy chet.
Le sage.
Et donques.
Le fol.
Il est sans soucy.

      Le sage.
Et vij sage.
      Le fol.
Il nest pas ainsi
      Le sage.
La raisoy.
      Le fol.
Car richesse nuyt
Quand tu voudras dormir de nuyct
Et prendre toy petit repos/
Voicy vij rat entre les potz/
Vne souris ou vij liroy
Et toy de crier au larroy:
Debout Guillemiy/Jeay/Martiy:
Depuis le soir iusques au matiy
Tu nauras ne repos ne ioye.
Mais pour quelque chose que ioye
Je ney bougeray ia la teste.
      Le sage.
Moy amy tu nes que vne beste
Et nas cure de riey scauoir/
Certes il ey faict boy auoir:
Et si ie puis quoy quoy me dye
Je veulx mettre moy estudie
Damasser pieces a foyfoy/
Et aumoins ceulx de la maisoy
Quand du monde seray deliure

Trouueront apres dequoy viure
Et prieront pour moy voluntiers.
Le fol.
Jey garderay mes heritiers
Den auoir noise ne debat/
Je voy souuent vn tel sabat
Quil semble que tout soit perdu:
Luy cy est mort/lautre est pendu/
Lautre est gete hors de la porte:
Lautre dit le grand diable emporte
Qui iamais les biens amassa.
Voila les prieres / or ca
Penses tu a ce que iay dit
Je nay garde destre mauldit
Pour tresor quamasse en ma vie:
Ce nest apres que toute enuie
Et plaiderie a toutes mains/
Tant daduocatz/tant de tesmoings/
Tant de lettres/ tant de cedules/
De memoriaux/contractz/& bulles/
Mandemens/obligez/quictances/
Adiournemens/belles sentences/
Lettres dachatz/cytations/
Escriptures/procurations/
Tout ne vault pas le parchemin:
Et puis tant de gens par chemin
A amasser par cy par la.

Je

Ie les garderay de cela
Mais que dieu me sauue les dens.
Les aduocatz ǫ presidens
Ny auront gueres a besongner.
Le sage.
En effect si fault il songner
A en amasser.
Le fol.
Et comment?
On le serre si fermement
Quil ney tumbe point en la voye.
Si en quelque part ien scauoye
Quil ne tint fors qua lamasser
Ie prendroye peine a me baisser
Affin quil ne fust pas perdu.
Mais ie croy bien que respandu
On ney trouue point en la rue.
Le sage.
Mon amy tu nes quune grue
Chacun doit garder ce quil a.
Le fol.
Par sainct Iehan cest bien dit cela:
Ie nauray donc pas grand soucy.
Puis que tn veux estre a cecy
Dy moy de ton vueil lentreprinse/
Premier si tu estois deglise
Quelque dignite que tu eusses
D

Ne quelque grand bien que tu peusses
Auoir en tel' vacation
Tu naurois part ny portion
Qui mist toy cueur a suffisance
Jamais ney veis assuffis en ce/
Car qui plus a / plus veust auoir.
		Le sage.
Tu le dis pour me deceuoir/
De toy ouyr parler suis las:
Ne mesdis en rien des prelatz
Car il sont du peuple enseigneurs.
		Le fol.
Regarde moy les grans seigneurs
A qui est deu toute richesse
Car par leur hauteur & noblesse,
A eulx appartient dignement,
Dauoir des biens abondamment,
Pour les paures gens secourir.
Tu les verras par tout courir
Et auoir de plusieurs costez,
Gentilz hômes / maistres dhostelz
Escuyers tranchans eschansons/
Sômeliers de plusieurs façons:
Tant de leschansonnerie
Comme de la panneterie
Escuyer descuyrie aussi/
Des fauconniers / que de soucy!

Tresorier gardant les deniers
Argentiers/clercz/(z aulmosiliers
Contrerolleurs/varletz de chambre/
Encores quant ie me remembre
Des viandes quil fault apprester
Lest merueille: (z sans doubter
Il ne fault pas faire deffault/
Lar tout premierement il fault
Poulles/clercs doffices/poussins
Lonnins/chapons/(z medecins/
fourriers/escuyers de cuysine/
Pages/canars a la dodine/
Luissiniers/carpes/escreuisses
Brochetz/varletz de pied/saucisses
Malles/tabourins/instrumens
Or aduisez que de tourniens:
Beufz/charretiers/bestes/des verres
Et puis leur fauldra des lardoueres
Les soillars/pommes/quiquetiers
Porteurs de boys/potz souilleliers
Menuisiers/landiers (z selliers
Et tant de varletz/des fourriers
Que ney scaurois dire le conte.
Voila/il ny a duc ne compte
Qui ne soit ey cest estat cy.
Or aduise que de soucy
Au pris de nous qui nauons rien.
Le sage.　　D.ii.

Dea ie ne pretens pas ce hault bien
La follie ey seroit trop grande.
Le fol.
Et pour respondre a ta demande
Et seruir a nostre propos
Autres gens mineurs ꝫ suppostz
Et de toutes capacitez
Ont tourmens ꝫ aduersitez
A toy mesmes ie mey remetz.
Le sage.
Ce nest riey dict
Le fol.
Mieux que iamais.
Mais tu ne scais ou ie me fonde/
Ie nay que ma vie ey ce monde
Aussi nul ney aura noy plus/
Dieu ne nous dit il pas? Vois tu
Beati pauperes spiritu/
Dont sainct Martiy fuit vnus:
La prose dit Hic martinus
Pauper erat ꝫ mendicus/
Quand tu auras biey aduise
Saincte eglise la deuise.
Se tu as argent a foysoy
Soy serf seras contre raisoy
Car argent art de sa nature:
Et nauons nous pas lescriture

Qui dit/ Non bene pro toto
Libertas venditur auro.
Liberte vault sans difference
Mieulx que la richesse de France:
Que men chault il? ie voys ie dors/
Je nay peur dedans ne dehors/
Je ne crains proces ne proffaille:
Je nay pas peur que beste saille
En mes prez pour manger mon foin
Jamais ne veis mourir de faim
Homme qui fust envers dieu mixte/
He nauons nous pas le psalmiste
Qui dit Non vidi iustum
Semen eius derelictum
Nec querens panem. Va te paistre
Car si dargent tu faitz ton maistre
Je te tiens pour homme damne:
Le sage.
Quand tu lauras bien contemne
Si diras tu Vn iour iay tort.
Le fol.
Vtenca/penses tu que la mort
Me face tel peur qua vn riche?
A vn auaricieulx ou chiche/
Nenny/car ie nay nul regret
De laisser argent en secret
Prez/terres/harnois/ ne sallade.
D.iii.

Le sage.
Voire mais si tu es malade
Et que tu aye perdu ton bien
Ou yras tu?
Le fol.
A lhostel dieu
On dict que cest bonne maison.
Le sage.
Jamais de luy nauray raison
Car il mallegue trop de choses.
Le fol.
Je mesbahis comme tu oses
Dire de si outrageux ditz.
Vienca/ les sainctz de paradis
Laisserent il pas leur auoir
Pour le regne eternel auoir
En contemnant les biens du monde?
Est il pas vray?
Le sage.
La ie me fonde
Et a toy ie me veulx renger
Car ie voy quil y a danger/
De mettre son cueur en richesse.
Le fol.
Mon amy ce nest que simplesse
Et vy petit feu de charbon/
Je ne dy pas quil ne soit bon

Dauoir menbles ⁊ heritage/
Mais dy mettre tant soy courage
Sasubiectir ⁊ asseruir
Quoy en laissast de dieu seruir:
Ceulx la sont folz/ ⁊ non pas sages
Deulx est escript en maintz passages
Quilz sen vont a damnation/
Et iamais Dadam nation
Ne sortit mesgnee si peruerse.

Le sage.

Voila / mon propos te renuerse
Puis quen or/argent/ ny auoir
Nulle raison ne se peut voir
Pourquoy lhomme deust porter nom
De sage/ ⁊ auoir renom
Dhomme de bien/ou bien de biens:
Et a toy propos te me tiens
Ie voy que ce nest que soucy.

Le fol.

Scais tu que cest des folz aussi
Chacun est fol qui faict pecche/
Tout le monde en est entache
Aumoins la plus part/ ⁊ pourtant
En raillant et en quaquetant
Ne dois appeller fol vn homme
Si de pechez il na la somme
Mais les iureurs/de dieu/ des sainctz/

Meurdriers/ gens plains de larcins:
Qui ont maintes gens oultragez
Ne font pas folz/mais enragez:
Pourtant il les fault attacher.
Le sage.
Tu fais merueilles de prescher
Or concludz donc.
Le fol.
Pour tout potage
Tel est fol qui cuide estre sage/
Et voila la conclusion.
Des mondains nest quabusion
Pourtant ne ty abuse pas
Allons commencer de ce pas
A faire mieulx que ne fismes onques.
Le fol.
Je le veulx bien / or adieu donques
Lequel vous doint de bon cueur fin
A tous paradis a la fin.

Cy fine le Dyalogue du fol ꝗ du sa-
ge/ Nouuellement imprime a Paris Par Simon Caluarin/
demourant vue S. Jac-
ques a la Rose
blanche.

9 782014 445053